El Alud

Castromán, Esteban
El Alud
Primera Edición
Mansalva. *Colección Poesía y Ficción Latinoamericana*
Buenos Aires, 2014

ISBN 978-987-1474-96-7
1. Narrativa Argentina. 2. Novela. I. Título
CDD A863

© Esteban Castromán, 2014
© Mansalva, 2014
Padilla 865 - (1414)
Buenos Aires, Argentina

Dirección: Francisco Garamona
Arte: Javier Barilaro
Coordinación: Nicolás Moguilevsky

Ninguna parte de esta publicación,
incluido el diseño de la cubierta,
puede ser reproducida, almacenada
o transmitida en manera alguna
ni por ningún medio, ya sea eléctrico,
químico, mecánico, óptico, informático,
de grabación o de fotocopia, sin
permiso previo del director.

editorialmansalva@gmail.com
www.mansalva.com.ar

Esteban Castromán

El Alud

MANSALVA

Lo más notable del turismo es esa quimera de libertad, hedonismo y excesos que germina en nosotros apenas atravesamos la frontera desde lo cotidiano hacia lo extraordinario. Lapso en el cual abandonamos miserias y ortodoxias para considerar la posibilidad de un mundo perfecto. Y no importa si la escenografía desnuda la textura del mar, la montaña, la catarata, la casa de campo, la ciudad antigua o la gruta exótica. Las vacaciones configuran cierto espacio de redención idealizada; un oasis donde lubricar la percepción ríspida de lo habitual. Días dedicados a pensar en nada. Como un vacío, como la manifestación de aquel momento soñado que justifica la importancia de lo trivial en las prioridades sensibles de las personas. Días dedicados a no pensar en todo. Uno, dos, tres, y así hasta llegar hasta el número cinco, siete, diez, quince o treinta: cuando suena el timbre final y se desploma una tonelada de peso muerto que nos despierta del sueño, con esa presión hidráulica de todo regreso. Ya sea durante la espera del micro larga distancia, vuelo de cabotaje o crucero transatlántico, el ecosistema siempre es una pecera habitada por caras tristes y manos impacientes que sujetan valijas mugrientas. Mientras la fantasía de salir al recreo de la alienación comienza a congelarse hasta la próxima temporada.

Acabo de aterrizar en el Aeropuerto Internacional de Galeão, en Rio de Janeiro, luego de un vuelo por Iberia desde Madrid que duró nueve horas. Aunque no conozco, siempre flasheé con todo lo brasilero como idea de experiencia. Pisar este suelo me vincula con un catálogo de fantasías potenciales: buenas vibraciones, caipiras en la playa, comidas bem gostosas como moqueca de peixe, camarão a la barbacoa y feijão sobre un timbal de arroz. Para llegar a eso, antes debo resolver la manera de trasladarme hacia Ilha Grande, vía Angra Dos Reis. Me cuentan que había un servicio directo de combis, discontinuado por alguna razón. La alternativa más barata es tomar un micro de la línea Costa Verde, pero me advierten que podría tardar demasiadas horas.

Y como la ansiedad tuvo mejores argumentos que mi paciencia, opté por solucionar el tema rápido. Aquí estoy: a bordo de un taxi compartido con una familia de Foz do Iguazú que no habla ni una palabra en español. Llevamos casi una hora de viaje bajo una lluvia torrencial y aún quedan dos más por la Rodovia hasta Angra.

Si acaso creyera en algún dios le estaría agradecido por evitar que nos hiciéramos mierda. El conductor del taxi acaba de esquivar una roca enorme caída del morro lateral que se clavó en medio de la ruta sobre la mano por la que íbamos. Lo inquietante es que luego de ese volanteo a tiempo, el conductor sigue manejando como si nada, como si no hubiese existido siquiera la mínima posibilidad de un desastre. No sé si su actitud me tranquiliza o todo lo contrario. ¿Por qué vamos tan rápido si el camino está resbaloso por la lluvia? El bebé de la familia de Foz llora con furia. Por momentos me dan ganas de estampar su cabeza contra el vidrio y después dormirme sobre él como si fuera una suave almohada.

Ahora estamos detenidos en un embotellamiento. Avanzamos muy lento. Accidente. Un árbol cayó sobre un ómnibus, lo hizo volcar y su carrocería está tumbada bajo el tronco. Desde el asiento trasero sólo puedo distinguir algunas formas intermitentes. Recupero nitidez visual durante una de las fases del vaivén a dos tiempos del limpiaparabrisas.

En la radio, de fondo, se escucha "O Leãozinho" de Caetano Veloso. La primera hora y media me taladraron la cabeza a puro forró y algo de reggaeton. Bajaron los decibeles, con lo cual esta demora del viaje se vuelve menos tortuosa para mí. Entre la canción, las sirenas y los ruidos de motor, un diálogo animado entre el conductor y el padre de la familia de Foz. Comentan estupefactos que el accidente fue bastante grave.

El ómnibus quedó tumbado sobre el lateral izquierdo de la ruta; los pasajeros salen por las ventanas como insectos; alrededor hay pilas de bolsos abiertos y ropa desparramada por todos lados; dos camiones de bomberos; una grúa remueve la chatarra humeante; mientras algunas ambulancias transportan a los heridos, otras van llegando en busca de más víctimas.

Lluvia. Camino. Morro. Abro la ventana y prendo un cigarrillo. Tótem vegetal.

El conductor asegura que hace mucho tiempo no llovía así y habla de lo peligroso que es manejar en esta época del año, debido a la cantidad de autos circulando por las rutas que unen las ciudades de Rio de Janeiro y Sao Paulo con todos sus puntos turísticos a lo largo de la costa. En verdad no me interesan sus argumentaciones, tan solo quiero llegar al puerto de Angra dos Reis donde tomaré el ferry con destino a Ilha Grande. Según sus cálculos, en quince minutos deberíamos estar llegando a destino. Y mi nivel de impaciencia baja.

Sobre el lateral derecho de la ruta hay casillas montadas en los morros. La fuerza del agua empuja torrentes de basura por sus cauces resbalosos: pañales descartables usados, cáscaras de frutas y botellas plásticas envueltas en un barro denso que parece mierda humana.

Estoy a bordo del ferry hacia Ilha Grande. Salvo la costa de Angra desde donde zarpamos hace unos veinte minutos, como consecuencia del mal tiempo, el resto es un paisaje casi inexistente. La embarcación está llena. En su mayoría, brasileros. Pero también hay argentinos, chilenos, noruegos e ingleses. Una familia de alemanes se ubica en la parte trasera, junto a la ventana, desde donde observan al resto de los pasajeros con cierto aire de soberbia; al menos percibo esa frecuencia. Son dos parejas de cincuentones hétero acompañados por un satélite humano, masculino, confuso, idiota, gravitando en esa galaxia que separa la infancia de la adolescencia, pero con un cuerpo robusto, cinco años mayor que sí mismo.

Ahora sí. Ya estoy en mi habitación de la pousada, luego de una travesía agotadora. Avión, nueve horas. Taxi, tres horas y media. Ferry, una hora y veinte. Caminando bajo la lluvia desde el puerto de Vila do Abraão a Praia do Canto, quince minutos. No hay electricidad en este cuarto ni en ninguna parte de la isla. La tormenta ha descontrolado el orden de todo. Pero estar tirado en esta cama significa placer en estado puro. Debería descansar un poco. Tiempo para hacer mi trabajo hay de sobra.

Trabajo en *El País*. Me mandaron para armar un artículo en profundidad sobre Ilha Grande, sección "Viajes por el mundo". Una mezcla entre reseña turística, exploración histórica y crónica en tiempo real de mis experiencias. En un par de días llega la fotógrafa del diario.

Aún no es de noche y faltan menos de cinco horas para empezar un nuevo año. En la galería de la pousada cuelgan varias hamacas al resguardo de la lluvia. Estoy meciéndome sobre una color amarillo desde donde puedo ver el jardín en declive, la pileta a la derecha, el agua que cae sobre el agua, redundante; después la playa, los barquitos que ligeramente se bambolean cerca de la costa y el mar como paisaje de fondo. Algunas personas corren por la arena, otras caminan con serenidad turística. Entonces regreso el foco de atención a mi entorno inmediato: la fisonomía de un perro viejo confundido por la batería de truenos que trituran la atmósfera.

Son las ocho. Sigo en la hamaca esperando a que Renato, el dueño de la pousada, vuelva del centro comercial de Ilha Grande para arreglar los detalles de mi hospedaje. El perro se despereza y camina en dirección a la parte trasera del complejo. La tormenta no cesa. Me duermo unos minutos.

Son casi las once de la noche. Hace una hora volvió la electricidad a la isla. Camino por la playa en dirección a la Vila do Abraão para festejar año nuevo. Hay música saliendo de todos lados: casas, restaurantes, barquitos anclados en la ensenada, a pocos metros de la costa.

Ahora estoy en un bar rodeado de gente, debajo de grandes árboles. El lugar se llama Café do Mar, seguro en alusión al famoso bar de Ibiza. Entierro los pies en la arena y le doy otro sorbo a una cerveza Skol. Estamos calentando los motores para el gran festejo de Reveillon.

Se armó una mesa larga. La escena es así: tres alemanes toman cerveza a la velocidad de la luz; una pareja de ingleses hablan con otra de israelíes; dos chicas argentinas de Mendoza observan distantes porque aún no entraron en sintonía con el grupo; tres mujeres colombianas, sentadas cerca de los alemanes; seis brasileros, chicos y chicas, mucho más verborrágicos y graciosos, organizan la lancha colectiva para ir a una fiesta en una isla cercana.

Y yo: Joaquín Mercader, nací en la Argentina en el año 1975, pero vivo en España desde 2001, a punto de celebrar el año nuevo con un grupo de desconocidos, prendido fuego por la excitación al extremo de la mesa.

Marchamos en caravana para ver el concierto de la banda que ya empezó a tocar sobre el escenario montado en el centro de la isla. Los alemanes tomaron la delantera. Las dos parejas de ingleses van descalzas por el agua, al igual que las mujeres colombianas. Los chicos brasileros conversan con las mendocinas. La pareja de israelíes quedó unos metros atrás, porque fueron interceptados por un vendedor ambulante. Faltan solo diez minutos para medianoche.

Bajo los fuegos artificiales, estallan aplausos, gritos y una cuenta regresiva para dar la bienvenida al nuevo año. Somos cientos de personas bailando los ritmos que dispara el grupo, bajo un chaparrón letal. Éxtasis, diversión y hedonismo. Nada importa. Salvo este preciso instante.

Disfruto tener un plan, haber caminado por la costa hacia esta lancha de un brasilero llamado Rodrigo y estar navegando a la isla donde es la fiesta. Le echo un último vistazo a las luces parpadeantes de la ensenada que se distancian. Tengo en la mano una botella de cachaça. Brasil, me despido hasta mañana. Boa noite!

Ruido del motor de una embarcación liviana. En el mar, una chica maniobra una moto acuática vestida con la parte inferior de una bikini y en el torso lleva un chaleco de plástico flúo casi transparente. Cerca de mis orejas, el zumbido de un mosquito que se alejó de tierra y no sabe cómo volver a la costa. Del agua llega un sonido, un balbuceo, que parece venir de lo profundo.

Desperté exaltado por el sueño más estúpido que recuerdo haber tenido. Desayuno en el quincho. Es un primero de enero soleado; son las once y media. Dormí pocas horas y tengo una resaca tremenda. Mi cuerpo necesita vitaminas, proteínas o cualquier cosa que me reanime luego del apagón. Y no me refiero al corte de luz ocurrido ayer, sino a mi imposibilidad de recordar qué sucedió en la fiesta de anoche, cómo volví de la isla y llegué a la pousada.

El segundo café me hace sentir un poco mejor. Prendo la laptop y está sin batería. Cuando quiero conectarla me doy cuenta de que el tomacorriente es incompatible con mi enchufe. Le pregunto a Marina, dueña de la pousada y esposa de Renato, si tiene un adaptador. Responde que no y para comprar uno deberé esperar a que pasen las fiestas y la proveeduría local de estos productos reanude sus actividades comerciales. Más tarde buscaré un locutorio para ver el correo y chequear si Amanda Kramer, la fotógrafa del suplemento, ya confirmó su día de llegada. Aprovecho para empezar a redactar la nota. Mucho color local. Las luces parpadeantes en los morros. Noche de año nuevo. Acción.

Diario do Vale publica en su tapa: POR LA LLUVIA, TRAGEDIA EN ANGRA DOS REIS. *Defensa Civil encuentra 29 cuerpos, víctimas de los desmoronamientos. El número podría llegar a 50. Hotel con 40 huéspedes es enterrado y en el centro otras 12 personas siguen desaparecidas. Escenario de destrucción.* La foto central muestra la imagen del lugar donde antes estaba el hotel Sankay –en Praia do Bananal– y ahora hay toneladas de tierra, escombros, fantasmas.

El *Jornal do Brasil* anuncia en la tapa: FURIA DE LA NATURALEZA: 38 MUERTOS. *Desmoronamientos destruyen hotel en Ilha Grande y varias casas en el centro de Angra dos Reis. El año comenzó trágico. Un deslizamiento de tierra destruyó el hospedaje Sankay, matando a 19 personas. Un niño de dos años que había sido rescatado ayer en Cascadura, también murió, completando un macabro día 1° de enero.* Se muestran dos imágenes del escenario en Praia do Bananal y en el centro de Angra. Los epígrafes de las fotos son: ARRASADOS. *Toneladas de piedra y tierra llevaron cuerpos hacia el mar.* Y: RASTRO DE MUERTE. *Las casas del Morro da Carioca, en Angra, ya no estarán seguras debido a los movimientos de tierra.*

Día negro en las playas de Brasil. Después del desayuno me desplomé sobre una reposera empotrada junto a la pileta. Pude descansar un rato hasta la interrupción de Renato y Marina –los dueños del lugar– para mostrarme los diarios de hoy, con los detalles del desastre que la lluvia intensa de ayer provocó.

Con el cielo de fondo, vuelan helicópteros del cuerpo de bomberos rescatistas y de las cadenas de noticias. En la playa, a pesar de todo, algunos turistas semidesnudos se hunden en el agua y otros se empeñan en broncear sus cuerpos. El tempo del turismo sincroniza otro reloj respecto al orden de las cosas. Un ciclo breve a espaldas de lo real.

Ubicada en el litoral sur de Brasil, la Mata Atlántica es uno de los entornos naturales con mayor biodiversidad del planeta. Infinitas especies de plantas, aves, reptiles, anfibios, peces y mamíferos habitan lagunas, ríos, bosques y restingas (cierto tipo de vegetación que crece en los bancos de arena). Probablemente coexistan miles de variedades, de las cuales se han identificado tan solo unas pocas hasta el momento. En ese contexto, hace miles de años, sus pobladores originarios lograron subsistir varios siglos gracias a la recolección de mariscos. Aún sigue siendo un capítulo pendiente para los científicos locales descubrir cómo fue la transición desde aquellos pueblos primitivos hacia las posteriores tribus tupí guaraní. Algunos sostienen que jamás existió contacto entre ellos. Otros, en cambio, hablan de antropofagia. Los tupí guaraní llegaron a la Mata Atlántica alrededor del año 400, legión seminómade integrada por cazadores vestidos con plumajes de aves coloridas que se trasladaban sobre largas canoas de madera. Comían de todo menos animales de desplazamiento lento, como tortugas, para conservar su destreza física. Con el cultivo de la mandioca, además de harina y derivados, producían cavim: brebaje narcótico fermentado gracias a la acumulación de saliva que cientos de mujeres vírgenes se encargaban de escupir dentro de un recipiente cóncavo de barro. En sus combates contra tribus enemigas, más que luchar por la conquista de nuevos territorios, buscaban capturar prisioneros para luego devorarlos en un ritual con baile y música.

Estoy almorzando espaguetis con tomates verdes en un pequeño restaurante sobre la calle empedrada que bordea la iglesia. A pocos metros hay un mercado llamado Novo Abraão. Cierto contenido persuasivo en su cartel y el uso de tipografías que suelen revestir a los productos de lujo parecieran tomar distancia respecto a un orden anterior de cosas, emitir un mensaje destinado a cautivar a los jóvenes.

Ahora pasan a mi lado –en dirección a la costa– dos ambulancias, una grúa y varios bomberos a pie. Los helicópteros que sobrevuelan la Vila cada tanto tienden sombras fugaces sobre nosotros. Aquí abajo, desde la distancia, debemos parecer una masa hormigueante dedicada a crear pequeñas acciones para el todo, enormes contribuciones a la nada con que pasar el tiempo.

Una TV amurada junto a la puerta de entrada reproduce el recital ao vivo de un grupo carioca versionando "Você é linda" de Caetano. Es muy placentero ser parte de esta atmósfera despreocupada donde los caminantes tan solo visten trajes de baño y ojotas. En Ilha Grande siempre hace calor, más allá de que esté nublado o llueva. Lo tropical posee esa cualidad.

Brasil, y todo lo tropical, siempre me remitió a aquellas remeras que llevaban impresas las palabras HAWAII, TAHITI o BAHAMAS sobre un fondo de palmeras o trazos de algún océano, bastante usuales en los ochenta: la moda anticipando los deseos de viajar al Caribe como aspiración de status para ciertos sectores intermedios que no podían llevarlo a cabo. Si la semántica de climas calurosos y de geografías consideradas exóticas –por su vínculo con lo inhóspito– suele ocultar su flanco industrial, es indudable que me mandaron hasta este rincón del planeta para desarrollar una suerte de antropología del consumo. ¿Acaso no es ésa la función de los suplementos de turismo? Más allá de todo, lo concreto es que estoy acá para hacer mi trabajo.

Alrededor del año 1500 llegaron a la isla los colonizadores portugueses. En el transcurso del primer siglo se estima que dos millones de árboles (equivalentes a 6000 kilómetros cuadrados de bosque) cruzaron el océano hacia el continente europeo debido al tráfico de madera brasileña, mientras que los habitantes del lugar recibían como recompensa espejos, peines, anzuelos, cuchillos y todo tipo de objetos curiosos para ellos. A medida que transcurrió el tiempo, estos pueblos fueron esclavizados, catequizados y aniquilados, sin opción a trueque. En 1500 había más de 100.000 habitantes; en 1600 la población nativa se redujo a menos de 5000. Con el descubrimiento del oro en el siglo dieciocho, la madera dejó de tener importancia comercial para los conquistadores. Durante ese lapso, la población de la Mata Atlántica se multiplicó por seis y se eliminaron 30.000 kilómetros cuadrados de bosque. El siguiente período fue la era del café, sustentado por la explotación de mano de obra esclava. Durante 150 años tal planta fue el producto básico más importante de Brasil, época caracterizada por un importante crecimiento demográfico, procesos de urbanización y montaje de redes ferroviarias. Mientras tanto, el insumo principal del progreso fue la madera perteneciente a la Mata Atlántica. En las décadas de 1840 y 1850, el 80% de toda la energía consumida en Brasil provenía de la madera de sus bosques. Combustible para máquinas de vapor que funcionaban en aserraderos, ingenios de azúcar, algodoneras, industrias de café, maíz y arroz, molinos de harina y fábricas textiles. En el siglo veinte, la energía eléctrica logró disminuir el uso de la madera. Sin embargo, la construcción de terminales hidroeléctricas produjo graves inundaciones en todos sus bosques.

Atardecer soleado en la isla. Cerveza en Café do Mar con los pies hundidos en la arena. A pocos metros están los tres alemanes, que ahora saludan y me invitan a sentarme con ellos. Les hago un gesto de que ahora voy. Como no recuerdo nada de lo que pasó anoche, me siento un poco avergonzado. Observo a dos brasileros de la fiesta sumarse a su mesa. Pienso que tal vez ellos puedan decirme algo, iluminar mi blackout. Pido otra cerveza y camino hacia el grupo.

El sonido de pequeñas olas rompiendo cerca, voces en distintos idiomas y risas se mezclan con la música house. Los brasileros repiten todo el tiempo que anoche la pasaron excelente. Dos de los alemanes cuentan animadamente que hoy fueron a Lopes Mendes, la playa más linda de la isla. El tercer alemán permanece ensimismado y su silencio me sorprende ya que ayer era, o al menos se mostraba, como el más verborrágico de los tres; quizá sea tan solo un flash, pero me mira con cara de preocupación. Se suma otra mesa al grupo para darles lugar a las chicas mendocinas. Y ahora se acerca caminando Rodrigo, el brasilero que condujo la lancha hacia la fiesta.

¿Alguien puede decirme qué pasó anoche?

Acabo de meter este bocado en la conversación bajo el disfraz de un chiste, aunque en verdad así pretendo ocultar mi amnesia. En un español gracioso, Rodrigo me responde al borde de la carcajada: *muita locura, amigo, muita locura.*

I SAW EVERYTHING, TAKE CARE MAN!

Esta frase me la acaba de decir el alemán que ayer bullía verborrágico, pero que hoy luce callado, cuando nos topamos hace apenas unos segundos en la puerta del baño. Después de mear vuelvo a la mesa y le pregunto qué me quiso decir.

Hace un rato, antes del anochecer, les dije a todos que me esperasen y fui hasta Vila do Abraão en busca de un ciber para chequear si la fotógrafa francesa del diario encargada de ilustrar mi nota, Amanda Kramer, me mandó un mail con la información de cuándo llega. Pero no pude entrar a mi casilla jmercader@elpais.es. En medio de la pantalla apareció un pop up: EL USUARIO NO EXISTE. Mañana pruebo de nuevo. Tal vez los servidores de la isla hayan colapsado por la tormenta.

Ahora regreso al bar por la playa. Es una noche agradable. La luna, perfectamente redonda, se ilumina sobre el agua cual backlight disponible, sin marca que aún haya contratado su tremendo espacio publicitario. Tengo un poco de hambre, pero también sueño. Hoy sirven BBQ de pescado, pollo y camarones; hoy me acuesto temprano.

Otra mañana soleada. De paseo en una barcaza turística cuyo viaje de ida (shot directo y sin escalas hasta Lagoa Verde) dura dos horas y va recién por los veinte minutos. Hay un clima festivo, regado de alcohol, cuerpos hermosos y buena música. Acá sería imposible aburrirse.

Mientras suena una canción de pop sueco, varios jóvenes ingleses bailan en la proa del barco. Toman cervezas con la velocidad de lo que tarda un átomo en cruzar cualquier alambre de cobre. Una chica de bikini cuadriculada le hace un gesto a un inglesito, él saca su lengua con un piercing y ella le deposita un cartón de ácido. El titular de mi portada mental anuncia: CHICOS INGLESES SE COMERÁN UN FLASH BÁRBARO BUCEANDO ENTRE PECES Y TORTUGAS MARINAS.

Cuando lleguemos a Lagoa Verde la consigna es lanzarse al agua para hacer snorkel y prolongar esta inercia celebratoria. Al menos tal fue la oferta del promotor que me vendió la excursión, a quien no le conté sobre mi fobia a sumergirme en el mar.

Mañana debo cambiarme de pousada porque mi habitación ya estaba reservada por una pareja de neocelandeses. Durante el desayuno hablé con Renato y Marina para saber si se había cancelado, pero no. Así que mi próximo destino será Casa Grande, un albergue montado al estilo rústico sobre la vegetación típica de la Mata Atlántica. Si Oasis propone un culto al agua —vista al mar, pileta, duchas generosas—, Casa Grande concibe al ecosistema boscoso (árboles de todo tipo, macacos en sus pasillos, aves sobrevolando las mesas del desayuno, trillones de insectos desconocidos por la ciencia acechando a cierta distancia) como un culto.

No hay caso. Al volver de la excursión, en un local donde alquilan máquinas para conectarse a Internet, quise meterme de nuevo en mi cuenta de correo electrónico de *El País* y apareció el mismo mensaje de antes: EL USUARIO NO EXISTE. Con lo cual sigo sin tener noticias de la fotógrafa. Según mis cálculos ella debería llegar a Ilha Grande entre mañana y pasado.

Salgo del ciber y en el camino de regreso me topo con este bar sobre la playa donde pasan canciones que me gustan. Me detengo a escuchar y mi cuerpo se hunde en un río musical.

/respiro agitado no puedo explicar mucho ahora estamos corriendo entre los árboles por caminos llenos de piedras y ramas embarrados todavía por la tormenta/ /respiro agitado no puedo explicar mucho ahora no nos queda otra alternativa que correr escapar/

Ruido del motor de una embarcación liviana. En el mar, una chica maniobra una moto acuática vestida con la parte inferior de una bikini y en el torso lleva un chaleco de plástico flúo casi transparente. Cerca de mis orejas, el zumbido de un mosquito que se alejó de tierra y no sabe cómo volver a la costa. Del agua llega un sonido, un balbuceo, que parece venir de lo profundo.

Cierto mecanismo orgánico me eyectó de una pesadilla infernal: yo iba manejando por una autopista que tenía paisajes artificiales sobre los costados, como si fuese la atmósfera desolada de un futuro no demasiado lejano; el alemán que me dijo aquella frase críptica en la puerta del baño de Café do Mar dormía a mi lado, mientras sus dos amigos cantaban desaforados desde atrás; la marcha se hacía cada vez más lenta hasta que nos topamos con una garita de control donde unos cuantos uniformados hacían detener a todos los vehículos; entonces llegó nuestro turno, nos ordenaron que bajásemos para subirnos a un micro ocupado por los automovilistas que venían delante de nosotros; el colectivo estaba equipado con tecnología telepática, sin teclados ni pantallas; nos escanearon los cuerpos buscando algo impreciso; de repente empecé a huir por un bosque con piso arenoso y llegué a la costa de un canal que debí cruzar a nado para aproximarme hacia este lado de la conciencia.

Luego del desayuno y la despedida con Renato y Marina, ahora descanso sobre una hamaca en el jardín selvático que tiene esta nueva pousada donde me mudé. Acabo de entrar al buzón de mi teléfono móvil y había un solo mensaje: Amanda diciéndome que ya está en la isla y que a media tarde me espera en el hotel Caiçara para coordinarnos.

Hoy la isla está repleta de gente. Dos cruceros se anclan a unos cien metros de la costa. Turistas que compran baratijas, comen y beben en los barcitos de la playa, con cintas de colores rodeando sus muñecas para ser identificados rápidamente. Viajar en crucero debe ser como acampar en un quirófano, con todas las comodidades esterilizadas y listas para ser usadas con el fetiche de una primera vez. Objetos vírgenes, placeres disponibles a la carta, circuito cerrado de la percepción.

Ilha Grande es una de las pocas regiones brasileñas con remanentes de la Mata Atlántica. Son casi 200 kilómetros cuadrados de bosques tropicales montañosos con ríos y cascadas, rodeados por más de 100 playas de aguas cristalinas. La ocupación humana de la isla comenzó hace por lo menos 3000 años atrás con una población de pescadores-recolectores-cazadores, que vivió en la región durante siglos. Usaban hojas de palmeras para cubrir los techos de sus moradas y árboles de guapuruvu para armar canoas. Pescaban con arpones hechos con puntas de huesos de peces. Los investigadores han encontrado esqueletos desarticulados, con signos de cortes y quemaduras, indicios de canibalismo. En 1502, André Gonçalves, integrante portugués de una expedición al Brasil liderada por Pedro Álvares Cabral, navegó a través del canal entre el continente e Ilha Grande, imaginando estar en una gran ensenada. Como era 6 de enero, bautizó a la bahía como Angra dos Reis (Bahía de los Reyes), en alusión a la fecha religiosa. De todos modos, la colonización de Ilha Grande fue tardía en relación con el resto del litoral brasileño, ya que se produjo a mediados del siglo dieciocho. Los expedientes de un navegador inglés señalan la existencia de un poblado primitivo en 1591. Él describió haber visto una cultura rural caiçara en la isla con 5 ó 6 casas habitadas por nativos, quienes plantaban mandioca, batata y plátano, y criaban cerdos y pollos; poblado incinerado por exploradores ingleses que pasaron por aquí y se marcharon. La isla fue durante mucho tiempo un dominio asediado por piratas y contaba con pocos habitantes. Por otra parte, a principios del siglo diecisiete el rey portugués ordenó la creación de un guardacostas para evitar abusos de los corsarios a lo largo de la bahía. En Ilha Grande estuvo prohibido cualquier tipo de asentamiento hasta mediados del siglo dieciocho, cuando su territorio fue colonizado.

Diario do Vale dice en su tapa: EXTRAÑO HALLAZGO EN EXCAVACIONES DE ANGRA. *Durante la búsqueda de víctimas de la catástrofe en Praia do Bananal, Ilha Grande, se han encontrado cuerpos de animales anfibios que poseen una contextura física similar a la humana. Aún no se registran fotos, tan solo un identikit realizado por el operador de la grúa que ha descubierto los primeros cuerpos. Mientras se esperan novedades de los cadáveres, víctimas de los desmoronamientos del pasado 31 de diciembre, el país entero está conmocionado por la aparición de estas criaturas.* En la página siguiente, bajo la palabra "identikit", el boceto en carbonilla de un rostro femenino con orejas ovoides, ojos en blanco sin pupilas ni retinas y piel escamada.

El *Jornal do Brasil* publicó, en letras rojas cubriendo toda su portada, con un registro más sensacionalista: ¿QUÉ SON ESTAS CRIATURAS? Y abajo: *Extraños seres fueron hallados durante las excavaciones en Praia do Bananal. Las autoridades gubernamentales se niegan a brindar información precisa al respecto. Científicos de la Universidad de Rio de Janeiro están analizando los patrones anatómicos y biológicos, afirmando que los cuerpos coinciden con la contextura física de los pobladores tupí guaraní cruzados con una especie singular de anfibios. También se habrían encontrado cuerpos semejantes en las playas Lopes Mendes, Parnaioca, Meros y Aracatiba.*

Mientras espero se haga la hora para ver a Amanda, ojeo las noticias bajo el sol de mediodía. Unos helicópteros zigzaguean el espacio aéreo, probablemente mucho más obsesionados por rapiñar imágenes de lo nuevo que por descifrar la verdadera tragedia y sus consecuencias.

Ya está todo arreglado. Quedamos en alquilar varios trajes de buceo y salir mañana temprano en la lancha de Rodrigo, aquella que nos llevó a la fiesta durante los festejos de fin de año. Las fotografías subacuáticas de Amanda serán perfectas para darle color y exotismo a mi nota. Estoy contento, pero también algo ansioso. Esta noche precisaremos los últimos detalles con el resto del grupo.

La caña de azúcar fue el primer cultivo extensivo llevado a cabo en Brasil. Hasta fines del siglo diecinueve en varios ingenios de Ilha Grande se producía cachaça, una bebida alcohólica popular destilada de la caña de azúcar. Sin embargo, la mayoría de los granjeros importantes de la isla se enriquecieron debido al tráfico ilegal de esclavos. Desde el año 1810, Inglaterra empezó a ejercer presión para terminar con la esclavitud en territorios colonizados y de esa manera ampliar el alcance del capitalismo. En ese entonces Brasil firmó algunos tratados para estimular su abolición, con lo cual el tráfico ilegal comenzó a ser una actividad de riesgo, marginal. Por ejemplo, el dueño de la granja de Dois Rios, era un contrabandista de gran alcance. En esa época, la ventaja de anclar una nave en Ilha Grande era evitar el control inglés de los puertos costeros. Antes de finalizar el siglo diecinueve, la venta a la corona de dos grandes granjas –una en Dois Rios y la otra en Abraão– simbolizó la declinación del comercio del café y el principio de un largo período de aislamiento para Ilha Grande, especialmente luego de la construcción de la colonia penal de Dois Rios en 1903. Una vez dominando el cultivo extensivo, Ilha Grande desarrolló pequeñas plantaciones de caiçara. La población pudo subsistir gracias al maíz, al ñame, a la mandioca, a la batata y a otras cosechas, dependiendo de las grandes ciudades para obtener algunos productos básicos tales como sal, aceite, fósforos y kerosene. En los años 30 del siglo veinte se establecieron industrias de procesamiento de sardinas en los bordes continentales, impulsadas por inmigrantes japoneses. Muchas mujeres nativas de la isla fueron empleadas en esas fábricas. En 1958 había 25 fábricas de conservas. Dos décadas después, tan solo 11. En la actualidad, ya casi no hay sardinas merodeando en el agua y todas las industrias del sector han desaparecido. Debido al interés en la pesca y a los legendarios métodos de cultivo del caiçara, el bosque tuvo una nueva oportunidad para volver a crecer. Hoy existe una gran reserva ecológica en Ilha Grande donde está prohibido el ingreso de personas. Por otro lado, gracias a la pavimentación de la carretera costera de Rio-Santos en los años 70 y a la clausura de la penitenciaría de Dois Rios en 1994, nueve décadas después de su construcción, la isla finalmente abrió sus puertas al turismo.

Después de caminar con Amanda, descalzos sobre la arena unos cuantos metros, llegamos al bar de siempre para encontrarnos con los demás. Su irrupción produce un nocaut fulminante en el grupo. Mientras vamos pidiendo las bebidas noto cómo Rodrigo, los tres alemanes y las dos chicas mendocinas se rinden bajo la fuerza de su encanto.

Durante la espera, Amanda le pregunta al brasilero si la deja armar el cigarrillo utilizando la hierba que él está desmenuzando entre sus dedos. La marihuana es de un color verde fosforescente. Rodrigo dice que viene del interior de la selva, de esas *enormes plantaciones*. El porro gira por la mesa y antes de que estalle el cuelgue colectivo, coordinamos el encuentro de mañana a las ocho en la costa. De paso visitaremos la isla donde fue aquella fiesta para sacar unas fotos.

La idea de volver a la isla me inquieta. Será porque no me acuerdo nada de cuando estuve ahí, aunque en mi cabeza aún resuene la frase *muita locura* que Rodrigo me dijo con una expresión entre irónica y ausente.

El efecto marihuana in crescendo, la música trip hop y el zumbido de las conversaciones anuncian que la Caballería de la Risa se aproxima por la playa, desde el lado opuesto a la Vila do Abraão. Pienso en si me estaré enamorando de esta francesita o si solo me la quiero coger. ¿Qué más da?

Hablamos de películas hollywoodenses que ocurren en lugares exóticos, donde sus protagonistas se ven asediados por situaciones que los eyectan de la aparente seguridad del sueño americano. Imaginamos cómo sería una filmada acá mismo, en Ilha Grande. Cuáles podrían ser los obstáculos naturales, culturales o burocráticos que sus héroes deberían sortear. Especulamos con móviles torpes como el calor, la ausencia de estrés, la picadura de algún insecto extraño. Una diarrea causada por la ingesta excesiva de agua salada o por el consumo de rabas freídas con aceite en mal estado. De esas trivialidades hablamos.

En algún desvío de la conversación Rodrigo empieza a bromear sobre mi sexualidad. Insinúa que suelo tener relaciones carnales extravagantes y se descostilla de la risa. Su gracia contagiosa afecta el ánimo de los demás, quienes lo siguen aun desconociendo el motivo de tal inercia. A punto de estallar de furia –aunque con amabilidad– intento cambiar de tema, pero ya es demasiado tarde: por las carcajadas y los aplausos parece la escena final de una comedia donde mi humillación es la chispa que enciende los festejos.

Por suerte interviene Amanda y el chubasco de vergüenza que estaba empapándome se vuelve garúa; corta en seco a Rodrigo, lo apura, preguntándole: *¿a qué te referís con relaciones carnales extravagantes?* Después asegura conocerme muy bien y que nos vincula una amistad de años. Si bien su afirmación es falsa, ya que tan solo compartimos algunas reuniones de redacción en el diario, logra rescatarme a tiempo del naufragio cínico.

Los tres alemanes se quedan callados y me observan de reojo mientras sonríen contenidos por la culpa. Las mendocinas no paran de reírse, aunque sé que no lo hacen con mala leche o para echar más leña al fuego y agrietar mi coraza de autoestima, sino que pretenden caer bien paradas, como chicas aceptables y divertidas, en este campo de juego hedonista. Rodrigo prolonga su manía jocosa, sacude su cabeza sobre una guía horizontal y repite cada tanto, sin dejar de mirarme a los ojos: *muita locura, amigo, muita locura.*

Amanda recupera las riendas de la charla. Ahora todos seguimos con atención el relato de sus viajes por el mundo. Escucharla hablar es un placer y pienso ¿por qué el editor de *El País* no le encargó directamente a ella la nota completa sobre Ilha Grande en vez de convocarme a mí? Entonces empiezo a sentirme prescindible, desamparado. Una electricidad caliente atraviesa mi cuerpo desde el dedo gordo del pie izquierdo hasta la superficie erizada del cuero cabelludo. Un malestar de localización inestable pronostica náuseas en el corto plazo. Pero esta sensación dura muy poco, logra despejarse cuando reflexiono que existen personas talentosas cuyos deseos nada tienen que ver con la escritura. Mi respiración va regresando a su ritmo habitual y los fantasmas se ahogan en un nuevo trago de cerveza.

Un repentino eco de gritos lejanos interrumpe nuestro mantra de conversaciones, alcohol y marihuana. Algo pasó, a unos trescientos metros de acá, en el centro de Vila do Abraão. A pesar de la distancia, los faroles de restaurantes y bares nos permiten ver el desplazamiento caótico de cientos de cuerpitos que corren escapando de algo. Desde esta perspectiva la escena luce como un gran alboroto gracioso y torpe.

En Ilha Grande toda circunstancia, incluso la desesperación, carga con el fetiche de lo tórrido. Prendemos el tercer faso y aún no podemos creer este show de turistas huyendo como ratas. Amanda se para con intenciones de sacar fotos, pero ya está demasiado colocada y deja caer su cuerpo sobre la silla. Los demás también sintonizamos esa misma frecuencia despreocupada para contemplar los botes que zarpan desde la ensenada hacia mar abierto, con ese impulso por escapar, alterado, que solo había notado en el comportamiento de los roedores.

Otro día. Camino apurado en dirección al punto de encuentro con los demás y siento como si Ilha Grande se hubiera transformado en un escenario de juguete: construcciones de cartón prensado, arena falsa y una lámina flexible envolviendo los trescientos sesenta grados de horizonte. Debe ser efecto de la resaca amplificada por el sol.

.

Resulta extraño no haberme cruzado con nadie en este laberinto de callejuelas vacías desde que salí de la pousada. Parece una ciudad fantasma aunque tropical. En lugar de sábanas blancas, aquí los espectros deberían lucir pareos coloridos sobre un fondo de palmeras o trazos de algún océano.

Empiezo a ir más lento, con la impunidad despreocupada del turismo como idea, aunque ya sean las ocho pasadas y todavía falte bastante para llegar. Me entrego a esta marcha hacia lo inexplorado sucediendo en tiempo real. Sólo espero que los próximos días, mis últimos en la isla, mantengan aquella intensidad de emancipación provisoria propia de los viajes.

Lo más notable del turismo es esa quimera de libertad, hedonismo y excesos que germina en nosotros apenas atravesamos la frontera desde lo cotidiano hacia lo extraordinario. Lapso en el cual abandonamos miserias y ortodoxias para considerar la posibilidad de un mundo perfecto. Y no importa si la escenografía desnuda la textura del mar, la montaña, la catarata, la casa de campo, la ciudad antigua o la gruta exótica. Las vacaciones configuran cierto espacio de redención idealizada; un oasis donde lubricar la percepción ríspida de lo habitual. Días dedicados a pensar en nada. Como un vacío, como la manifestación de aquel momento soñado que justifica la importancia de lo trivial en las prioridades sensibles de las personas.

Días dedicados a no pensar en todo. Uno, dos, tres, y así hasta llegar hasta el número cinco, siete, diez, quince o treinta: cuando suena el timbre final y se desploma una tonelada de peso muerto que nos despierta del sueño, con esa presión hidráulica de todo regreso. Ya sea durante la espera del micro larga distancia, vuelo de cabotaje o crucero transatlántico, el ecosistema siempre es una pecera habitada por caras tristes y manos impacientes que sujetan valijas mugrientas. Mientras la fantasía de salir al recreo de la alienación comienza a congelarse hasta la próxima temporada.

Son ocho y veintidós. Ya me falta poco para llegar al punto de encuentro. Durante la caminata, desde la pousada hasta acá, no me crucé con ninguna persona, como si nadie estuviese despierto. Se suele fantasear que los epicentros turísticos nunca duermen y que las ampollas de felicidad están siempre al alcance de todo aquel dispuesto a inyectarse una nueva dosis. Suponía que a esta hora habría colonias de pescadores volviendo de sus travesías interesadas con el mar, pornografía pública adolescente al pie de los morros, vendedores ambulantes con sus canastas de frutas y masas fritas. Pero no.

Es evidente que acá algo pasó. Bordeo la ensenada y me parece extraño que sobre el agua haya solo unas pocas embarcaciones pequeñas donde ayer estaba repleto. ¿Acaso las demás abandonaron la isla? ¿Cuál pudo haber sido el motivo? Pero me tranquilizo al ver, un poco más allá, el crucero que sigue anclado en el mismo lugar desde su arribo.

Voy viendo a la distancia las figuras de mis amigos apiñadas en la costa. Y para demostrar mis disculpas por el retraso, troto esta recta final sobre la arena tibia, agitando los brazos.

En portugués buceo se dice "mergulho". Y eso es lo que Amanda está haciendo ahora a unos veinte metros debajo de la superficie, retratando con su cámara sumergible la fauna marina. Odio zambullirme en el océano. Permanecer sobre la superficie me libera de cierta asfixia donde el agua profunda se siente como una piel de plomo o un encierro cuyas salidas de emergencia han sido bloqueadas desde afuera.

Apenas Amanda sale del agua y trepa por el costado izquierdo de la lancha, para no quedar como un pajero o evidenciar mi cóctel íntimo de amor y calentura, fisgoneo sus movimientos de reojo mientras va quitándose su traje de caucho. Ya lo decidí: durante el viaje de regreso la invito a cenar esta noche en plan los dos solos.

Navegamos hacia la isla de Rodrigo montados sobre una cadencia de olas que por momentos parecen querer hundirnos. Echo un vistazo al entorno y fantaseo que haría cualquier cosa para prolongar este momento durante horas, días, semanas, meses.

Shhhhh, no digas nada, pero sé lo que pasó durante la noche de año nuevo... el alemán me lo contó todo, me dijo al oído Amanda, mientras aún chorreaba agua sentada junto a mí. Al terminar la frase me mordió el lóbulo de la oreja, incorporó su preciosa existencia y se fue.

Bajamos de la lancha. En el muelle nos recibe un cartel rectangular donde se lee la palabra BEMVINDOS. Debajo, el dibujo de un cangrejo color fucsia con ojos flúo inyectados ocupa casi la totalidad del área restante.

En el camino voy reconociendo algunos elementos del paisaje: este sendero tabicado por palmeras y sus infinitos cocos caídos sobre la arena. El entorno me resulta vagamente familiar, pero no así la fachada que distingo a lo lejos. Anochece.

Sin embargo, mientras subo por los escalones logro recordar el momento exacto cuando en la noche de año nuevo entramos todos juntos a esta casa. Adentro Rodrigo nos guía por un living repleto de muebles de bambú y un pasillo en penumbras hasta llegar a una sala cuadrada de paredes blancas, rodeada por puertas idénticas. El sonido de las aspas de un ventilador de techo que gira en el centro apaga por momentos el llanto de un bebé que proviene de uno de los cuartos. Se ve que hay gente en la casa. El brasilero hace un gesto para que estemos en silencio y nos pide que lo sigamos.

Salimos por una de las puertas a un patio lateral cercado por un follaje muy espeso. Nos desparramamos sobre pequeños sillones y hamacas de tela. Mientras Amanda prende un porro el cielo parece desangrarse entre las palmeras.

La risa toma el control de nuestro ánimo y hace con él un único cuerpo invertebrado. Hasta que oímos gente acercarse y nos quedamos callados, como si el silencio fuese una coraza capaz de ahuyentar el peligro.

Al toque Rodrigo advierte: *son mis amigos, no se preocupen.* Regresamos a una zona de confianza. Pero en vez de retomar la complicidad festiva, abandonamos el lugar para saludar a quiénes van llegando. Nuestro grupo se dispersa.

Alguien pasa música. La acumulación progresiva de extraños divertidos, mallas enterizas, drogas, torsos desnudos transpirados y alcohol transforma el patio en una pista de baile.

Mientras camino con un vaso en la mano, localizo a Amanda en el núcleo de la fiesta. Ella, bastante borracha, me guiña un ojo y de un tirón se saca el corpiño. Dos tetas espléndidas, una levemente más chica que la otra. Empezamos a bailar y le pregunto qué le dijo el alemán sobre la noche de año nuevo. Sin responder, ella me coloca un cartón de ácido bajo la lengua.

No sé cuánto tiempo pasa ni me importa. El entorno se licúa. La suma de sonidos y luces van amplificando una sensación de felicidad. Nos perdemos en la repetición del bombo en negra de una canción sin principio, sin final. Y bailamos. De repente, Amanda se pone el corpiño y se va.

La sigo y vuelvo a entrar a la casa. A pesar de la música que retumba, todavía se escucha el mismo llanto del bebé. Voy hacia ahí y pienso en esos retratos populares que a fines de los setenta adornaban el interior de las viviendas más humildes, donde se veía a un negrito llorando con una lágrima cristalizada rodando por su mejilla. Pero no es el caso.

Llego frente a una puerta entreabierta y descubro que lo que se oye del otro lado no suena como el llanto de un bebé. Al entrar me encuentro con una habitación casi a oscuras donde tres personas de espaldas observan alguna cosa situada delante de ellos, formando un triángulo precario, un bulto que no alcanzo a distinguir con nitidez.

Una filtración de luz exterior hace reconocible las caras de Amanda, Rodrigo y el alemán que se dan vuelta para invitarme a ir con ellos. *¿Qué hacen acá?*, les pregunto. *Shhhhhh!*, responde el alemán. *Vení y mirá, vos que preguntabas, a ver si ahora recordás mejor*, agrega Amanda. Y Rodrigo, riendo a carcajadas, repite: *muita locura, amigo, muita locura.*

En el centro de la habitación hay un cuerpo en cuclillas que parece estar atado con sogas a la reja de una ventana que da al jardín trasero de la casa.

De a poco mis ojos van calibrando su foco y veo en la penumbra a una mujer. En verdad, me pregunto si *eso* es una mujer porque a pesar de su apariencia femenina tiene escamas, los dedos de las manos unidos por membranas y ojos circulares completamente blancos.

Me enchastra un recuerdo táctil, un dejo salado y marítimo en la boca, la resonancia de una presión poco habitual alrededor del pene y el eco de mi propio cuerpo extasiado segundos antes de un orgasmo.

Entonces la neblina mental se evapora y por primera vez puedo recordarlo todo.

/respiro agitado no puedo explicar mucho ahora corremos entre palmeras y cocos por caminos oscuros embarrados todavía por la tormenta/ /respiro agitado no puedo explicar mucho ahora todo mal no sé qué pasó de repente el cuerpo logró soltarse o alguien lo liberó mordió o le hizo algo a amanda a rodrigo al alemán y a mí en la pierna gran dolor/ /segundos antes de que se soltase pude recordar que durante la fiesta de año nuevo tuve sexo delante de todos con aquella criatura que ahora estaba atada a pocos metros de mí/ /segundos antes de que el cuerpo atado a pocos metros de mí se soltase perturbado por la situación al recordar lo del sexo de año nuevo vomité junto a la puerta de la habitación/ /en simultáneo me pregunté por qué ninguno de los siete fue capaz de señalármelo en todo este tiempo si sabían que estaba poseído por un blackout nuclear/ /en simultáneo me dije ¡son todos unos tremendos hijos de puta!/ /lo cierto es que ahora solo cuatro de nosotros somos los que escapamos corriendo entre palmeras y cocos en dirección al muelle donde está la lancha para volver a vila do abrão y el alemán al principio verborrágico va adelante y rodrigo mientras corre carga a amanda que parece estar desmayada/ /lo cierto es que ahora solo cuatro de nosotros somos los que escapamos y no sabemos dónde quedaron todos los demás ojalá puedan refugiarse en algún rincón de

la isla y más tarde quizá cuando aclare por la mañana podamos venir a buscarlos o al menos eso acaba de prometer rodrigo pero ahora se hace un poco difícil no nos queda otra alternativa que correr escapar/

Ruido del motor de una embarcación liviana. En el mar, una chica maniobra una moto acuática vestida con la parte inferior de una bikini y en el torso lleva un chaleco de plástico flúo casi transparente. Cerca de mis orejas, el zumbido de un mosquito que se alejó de tierra y no sabe cómo volver a la costa. Del agua llega un sonido, un balbuceo, que parece venir de lo profundo.

La lancha que nos lleva de regreso a Ilha Grande abre con sus faros un boquete en la oscuridad. Desde abajo del casco retumban golpes como si alguien destrozara un techo de madera. Nadie dice nada y el ronroneo del motor va cortando el aire. En el cielo la luna parece bajar, durante largos minutos.

Mi cuerpo alterna entre el calor y el frío. La herida de la pierna me late y cuando la miro parece una boquita haciendo *uhhhh*. Amanda tiembla reclinada cerca del timón. Oculto en una esquina, el alemán detona en llanto.

Rodrigo conduce y su aura festiva parece haberse evaporado porque ya ni siquiera sonríe. En cambio, nos explica algo, tal vez muy importante por lo serio de su cara. Pero el ruido de las olas y los estruendos de abajo no me permiten entender lo que dice.

Ahora me distrae un murmullo interior. Y descubro que mis piernas han quedado endurecidas. Quizá estas nuevas voces intenten darme instrucciones, alertas o malas noticias.

Aún soy capaz de dominar el movimiento de mis ojos. Con lo cual, improviso un tipo de teatro facial y permanezco en silencio para evitar que los demás adviertan mi repentina parálisis.

Pura paranoia porque en verdad cada uno va naufragando en su mambo negro individual como si fuésemos cuatro cargas explosivas que detonan en silencio.

De repente el alemán emerge del lugar donde hasta hace pocos minutos lloraba acuclillado, camina unos pasos y se detiene en medio de la lancha. Desde acá parece que tomara carrera.

Rodrigo debe tener un instinto especial: aun antes de oírlo, sabe que alguien se le acerca por atrás.
Entonces detiene el motor, voltea su cuerpo en ciento ochenta grados y activa una posición defensiva y alerta.

El alemán corre furioso y a los gritos. Cuando se le arroja encima, ambos caen sobre el piso de fibra de vidrio y por la inercia de la frenada empiezan a rodar, cruzándose piñas y patadas, hasta desaparecer en algún rincón de la lancha.

Amanda dejó de temblar y ahora duerme con su cuerpo casi desnudo junto al timón. Ya no se oyen los golpes que venían desde abajo.

La herida en mi pierna parece más profunda y cuando la miro es una boquita haciendo *oooh!!!* en vez de *uhhhh*.

Por un puñado de luces extendidas en el horizonte deduzco que estamos próximos a la Vila do Abraão. Sin embargo, flotamos sin rumbo, suspendidos en un espacio intermedio de todas las cosas.

Ahora amanece. Es un amanecer de gelatina.

El Alud
de Esteban Castromán
se terminó de imprimir
en Buenos Aires
el 1 de mayo de
2014 con una tirada
de 1000 ejemplares.